KB132960

왜 몰랐을까

정군영 시집

왜 몰랐을까

초판 1쇄 인쇄_2021년 8월 25일 | 초판 2쇄 발행_2021년 9월 10일
지은이_정군영 | 펴낸이_오광수 | 펴낸곳_한걸음
디자인 · 편집_편집부
주소_서울시 용산구 백범로90길 74 103동 1005호(이안오피스텔)
전화_02)3275-1339 | 팩스_02)3275-1340 | 출판등록_제 2016-000036호
ISBN_979-11-6186-106-7 03810
※ 책 값은 뒤표지에 있습니다.

왜 몰랐을까

정군영 시집

한걸음

아내의 사랑이 느껴집니다

곁에 있을 때는 소중함을 모른다는 말 온몸으로 느끼며 살고 있습니다.

언제 어디서나 항상 함께하고 있었습니다.
단 한순간도 떨어져 있다는 생각 못하고 지냈습니다.
검은 머리 파뿌리가 될 때까지 아끼고 사랑하라는 말 그대로 될 줄 알았습니다.

어느 날 아무 예고도 없이 슬며시 파고 들 듯 찾아온 불청객에게 우리 인생은 송두리째 바뀌었습니다. 현대의학이라는 방패로 온 힘을 다해 막았지만

'암'이라는 창 끝에 우리 삶은 이리저리 찢기고 뜯겨 난도질당했습니다.

그렇게 아내를 보내고 시간이 흘렀지만 삶의 모든 것을 차지한 아내의 빈자리는 너무나 컸습니다. 빈 거죽만 남아 시간의 흐름에 끌려다니고 있습니다.

곳곳에 남겨진 아내의 모습, 시도 때도 없이 들려오는 아내의 목소리…

이제야 아내가 내 삶의 전부였다는 것을 깨달았습니다.

얼마나 소중한 사람인지 가슴 절절이 보고 싶음에 밤을 꼬박 새우기를 밥 먹듯이 합니다.

일상의 삶으로 돌아왔지만 아내는 여전히 내 곁에 있고 나에게 말을 겁니다.

문득문득 아니 수시로 자주 나는 아내에게 이야기를 하고 있었습니다.

이렇게 아내와 주고 받는 이야기를 글로 남겼습니다.

시는 마음을 치유하는 의사입니다. 스스로에 대한 자책감에, 먼저 보낸 미안함에, 수시로 몰려오는 그리움에 거죽만 두른 채 하루하루 살아가고 있는 나에게 시는 아내와 함께할 수 있는 희망으로 다가왔습니다.

　시 한 편 한 편 써내려 갈 때마다 곁에서 따스한 미소를 보내던 아내의 사랑이 느껴집니다. 투덕투덕 거칠게 한 줄 한 줄 시를 쓰면서 빈자리가 다시 채워지고 있습니다.

　고마움에 미안함에 그리움에 써내려간 나만의 소중한 추억으로 간직하려고 했던 시를 세상 밖으로 드러내주신 ㈜크로앙스 문기주회장님께 진심으로 감사를 표합니다.

정군영

| 차례 |

제1부

제3부

제4부

제1부

아내집

하늘 저편
뭉게구름 뒤편
아내가 살고 있겠지
베개 적삼 털 남바위
춥지는 않을까
홑옷 입고 추위에 떨고 있지는 않을까
두꺼운 털 조끼 한 개
보내줄 순 없을까

긴 밤

서쪽 하늘
석양 걸린다
해 질 녘 어스름
아스라이 내려앉는다
조금 지나면 땅거미 까만 적막
이 까만 긴 밤 어이 견딜까
마음 여린 당신
새 아침 여명까지
너무 긴 시간

주부 연습

검정콩 검정쌀 귀리 보리쌀
압력밥솥 앉혀놓고
잠시 찬수 아우가 보내준
책 한 줄 읽는다
콩 익는 비린내
팥 익는 꼬순내
창밖에는 밤새 내리던 빗줄기
잦아든다

수련

부서져 내린다
장맛비가 갓 피기 시작한
맨드라미 꽃잎 위 부서진다
어제 낮 잦아들었던 비
머윗대 호박잎 위 부서진다
물 가둬 수련 심어놓은
질그릇 옹배기 안 수련 꽃잎 위
은방울 구른다

밤 비행기

까맣게
적막이 흐른다
느티나무 밑 적막이 흐른다
전등불 아래 잔디밭
모기향 내 피어오르고
하늘 저편 멀리 나는
정든 님 타고 먼 길 떠나가는
밤 비행기

망초

누굴 기다리기에 망초인가
목화 밭 한가득 망초꽃
목화 꽃은 듬성듬성
긴 목 훤칠 단아한 자태
꿀 찾아 헤매는 벌 나비
망초 꽃밭 지나쳐가고

뒤뜰

신사 열매
산딸 열매
어제까지 흐드러지던
모감주 꽃 떨어지고
낙상홍 깨알 열매
단비 반긴다
꽃이 예쁘면 열매가 밉고
꽃이 미우면 열매가 예쁘다던가
조물주 예쁜 꽃 예쁜 열매
다 줬으면 좋으련만

왕대리

한껏 향기 뿜내던
백합꽃 위로 비가 내린다
비 맞은 백합 꽃잎
단 젖이 된다
이장집 들깨 모 위에
단비가 내린다
들깨 밭에 박하 꽃 위에
비 내려앉는다

생일

생일 축하합니다
사랑하는 우리 아빠
생일 축하합니다
박수소리 노랫소리 웃음소리
엄마 침실
살아생전 같이 잠들던 침대
지그시 입술 깨물고
엎드려 운다
소리 문밖으로 새어나갈까
숨죽여 눈물 훔친다

딸 2

이제는
아빠 하고 싶은 대로 하고 사세요
먹고 싶은 것 사 먹고
가고 싶은데 여행 가고
여자 친구도 사귀고

거울에 비친 딸 그림자
돌아서서 팔소매로
눈물 훔치는
딸 그림자

딸

등 곧게 펴고 걸어도
양 어깨가 축 처진 듯
새로 다림질해 입어도
후줄근한 듯
배불리 먹었어도
때 거른 듯
딸 눈에 비친
혼자 사는 아빠 모습

꽃밭 정원

서울 가서 하룻밤
손자 손녀, 당신이 사랑하는 딸들 며느리
지금은 여주 뜰
당신과 같이 심어놓은 백합 어느새 만개하였네
혼자 보기 아까워
당신께 사진 한 장 보냅니다
먼 하늘 저 먼 하늘로
당신 뜰에 만개한 백합꽃 사진 한 장
당신 집으로
날려 보내 봅니다

단명

형도 스물아홉
젊은 나이 떠나보내고
누나도 열일곱
꽃다운 나이 떠나보내고
무슨 죄로 아내까지
예순둘 젊은 나이 떠나보낼까
무슨 운명이 이다지도 가혹할까
살다 말고 떠나는 이 말이 없지만
남은 나는 나는 나는
어이 살까나
이것이 주어진 운명이라도
그대로 받아내기 너무 힘들어

어머니

눈 없으면 코 베가는 서울살이
어린 나이 꼬맹이
어찌 견딜까
아무런 걱정 없이 고향 떠난다
마지막 될지 몰라 눈물 흘린다
치맛자락 걷어서 눈물 훔치며
병든 엄마가 돌아서 운다
꼬맹이 떠나는 모습 차마 못 본다
이것이 이별인 줄 미처 모르고
그렇게 꼬맹이가 고향 떠난다

낙엽아

바람에 쓸려가는 낙엽아
온 봄여름
땀에 젖은 농부들 그늘막 되고
들새들 보금자리 돼 주고
늦가을 스산한 마파람 따라
구르고 흘러 어디로 가나
들판 건너 뫼 넘어 어디로 가나
네 한 몸 의지할 곳 그리 없더냐

봄

산에 들에
봄꽃 펴도
진달래 개나리 흐드러져도
벌 나비 분주해도
같이 볼 당신은 가고
이쁜지 고운지 감각도 없고
아! 이렇게 잔인한 봄날
잔인한 형벌
당신에게 지은 죄 너무 커

무심

당신 꾹꾹 묶어서 조그만 나무 궤짝 안에 넣고
큰 대못 박아서 더 이상 볼 수 없게 생이별
조그만 나무 궤짝 하나
조그만 차에 싣고 아무도 없는 첩첩산중
당신 묻고 왔지요
포클레인으로 서너 삽
당신 들어있는 나무 궤짝
훌훌 벗겨 옆에 던져놓고
당신 흙 속으로 보내던 날
당신은 아주 멀리 떠나갔지요
가여운 당신
애처로운 당신

봄

새로 핀 포포 잎
하나 따다 당신 찻잔에 띄워 놓고
뒷동산 소나무 바라봅니다
당신과 같이 걷던 언덕길 소나무
이젠 혼자 바라봅니다
그렇게 늠름한 소나무 가지
우리 집 향해 뻗어 있는 소나무 가지
당신 보고 싶어서 긴 목 쭉 빼고
우리 집 울타리 안 바라봅니다
당신 오시기 기다립니다

어제는

어제는
생산 라인에 혼자 앉았습니다
빠르게 돌아가는 기계들
당신과 마주 앉아 일하던 자리 혼자
앉아서 돌아가는 기계와 일하다 보면
당신 잠시라도 잊을까
헛일일 줄 알지만
누가 손이 빠른가 내기도 하고
더욱더 또렷하게 다가오는 당신
이제는 애써 잊으려 하지 않습니다
잊힐 것도 아닌데 괴로움만 더할 것
굳이 잊으려 않겠습니다

당신

당신 건강할 땐
생산라인에서 붙어살았죠
내가 당신께 한 말 생각납니다
다른 부부는 출근하면 헤어지는데
우리는 출근해도 같이 있고 퇴근해도 같이 있고
해외 나들이 같이 가고 명절 때 고향도 같이 가고
어떤 부부보다 오랜 시간 동안 같이 있다가
이렇게 헤어질 줄 왜 몰랐을까
생각하면 할수록
그리운 당신

새벽

새벽이 되면
어김없이 날 찾아오는 당신
당신과 즐거웠던 날들
봄꽃 만발했을 한국
맘 놓고 둘이서
봄꽃맞이 제대로 해보지도 못하고
날 혼자 놔두고 당신 혼자서
먼 길 여행 떠났습니다
당신이 사는 동네 꽃도 만발하고 봄 햇살도 좋고
새봄 바람도 싱그럽겠지요
영영 돌아오지 않을 줄 알면서도
돌아온다 해도 딱히 잘해줄 것도
없으면서 이렇듯 기다려지는 것은 아마도
당신 생전에 진 빚이 많아
평생을 갚아도 못다 갚을
당신에게 진 빚

이혼

젊은이들아

이혼하지 마라

사랑하니까 결혼하지 않았나

젖은 백지장 맞들듯이 조심조심

상처 주지 말고 알면서 상처 주면 더욱 안 되고

이별이나 사별이나 헤어지는 것

헤어질 때 그 아픔 어찌 감당해

젊은이들아 이별도 사별도 같이 아플 것

오늘 미워도 내일 보면 이쁘고

인생은 덧없이 흘러가는 것

당신이 사는 대현리

예당 저수지 물안개
결혼 초기부터 다니던 길
예당 저수지 둑길
광시장터길
연하게 내린 블랙커피
인절미도 한 접시 사고 막걸리도 한 통 사서
당신 사는 집 찾아가는 길
지금도 옆자리에 당신이 있어
고개 돌려 쳐다보고 손으로 휘저어 보고
손안에 잡힐 것 같아
해오름 물안개 뽀얀 길
당신 집 가는 길

예당 저수지

수면 위로 짙은 물안개 뚫고
이른 아침 붉은 해가 떠오른다
한 점으로 보이더니 점점 더 커져서
수면 위를 옆 비친다
붉고 긴 해님이 깔아놓은 카펫
물길 위에 떠있다
기다리는 사람 해님이 깔아놓은 레드 카펫
언제 오려나

손자 오던 날

새벽녘 꿈에
당신이 어린 우혁이를 안고 있었지
당신이 나에게 서리를 맞아서 아주 잘 익은
홍시 하나를 건네주었지
어디서 난 거냐고 묻자
옆집에서 동전 하나 주고 샀댔지
살짝 찌그러져 있어서
손바닥에 올려놓고 뒤집어 보니
흠집 하나 없이 깨끗했지
내가 당신에게 주자
당신은 우혁이에게 먹여주었지
우혁이는 당신 품에서 홍시를 맛있게 받아먹었지
옆집 감나무 올려다보니
예쁜 홍시가 하나 더 달려있었지
아 보고픈 당신
꿈에서라도 보고 싶은 당신

꿈 3

지난밤 꿈에
높은 산 중턱
내가 살 집이라고
움막 하나 들어가 보니
토굴 속 바닥 파 들어가니
너무 좋고
깨끗하고
보드라운
밀가루 같은 흙
집터 만들고 옆에 쳐다보니
아래로 펼쳐진 멋진 풍경
당신과 내가 살 집 이랬지

명기정 길

들국화 향기 오솔길 한가득
중간중간 소루쟁이 백지 꽃 질경이 밟으며 걷고
있었지
이른 봄 옷깃 여미는 쌀쌀한 길
이장 네 집 담장 개나리
할머니네 양지바른 담 밑에
작년에 심은 대파 싹 올라오고
힘들어 쉬엄쉬엄 걷다보면
길 씨네 집 산등성이 넘어
이장집 농장 지나 여주 보까지
민들레 꽃씨 낙하산 되어 내리던
내가 당신 이름 붙여준 길
명기정 길
당신과 다시 걸을 수 없는 길

꿈속의 여행

어젯밤 늦게 잠이 들었지요
당신과 떠난 여행길
가다 보니 아주 넓고 높은 산에는 잔설도 많고
한참 가다 보니 바다 한가운데
아슬아슬하게 우리 둘 가는 길만 남았고
양쪽으로 너무 깨끗하고
무서운 바다 한가운데 섬
바다에 수영하는 사람도 더러 보이고
언덕길로 열 발자국 내려오니
아주 큰 길이 나왔고
부동산 하는 한솔이 아빠가 땅 사놓았다는
가누리라는 마을
당신과 내가 살집도 조그맣게 있고
당신 살아생전 같이 갔던 여행길처럼
너무 행복했던 여행길
깨어보니 꿈이었네요
너무나 아쉬운 당신과 같이 했던 꿈속 여행

비

여주 집 뜰에 비가 내린다
굵고 짤막짤막 비가 내린다
어느새 비가 함박눈 되고
서울로 떠날까 봐
내 발목 잡으려고 내리나 보다
바람이 분다 천둥번개 눈이 내린다
술 한 잔 같이 하려고 내려왔는데
나는 또다시 혼자가 된다
살아가기 익숙해질 만도 한데
가면 갈수록 힘들어진다

꿈

꿈에 당신을 만났습니다
시골집인 듯한 데서 자고 당신 친정집 가는 길
큰 저수지에서 동네 사람들
그물 한가득 고기를 잡고
아주 크고 싱싱하고 은빛 나는 물고기 한가득
우리는 저수지 둑으로 올라갔지요
둑 위에서 동네 사람들에게
아주 높은 저수지 둑까지
위태한 난간을 잡고 올라왔으니
막걸리 한잔 얻어먹어야 한다고
옆에 포장마차가 있고
당신 먹고 싶으면 생선회이든 막걸리든
얼마든지 먹으라고 했지요
죽어서도 나만 생각하는 당신
아무것도 해주는 게 없는데
이게 현실이면 얼마나 좋을까?
당신과 같이 있으면 얼마나 좋을까

꿈에서 깨지 말고 같이 있어야 되는데
놓치지 말았어야 되는데

당신 집

당신 두고 떠나온 마음 편치 않아
당신 혼자 있는 산속 집으로 갑니다
당신 혼자 잠들어 있는 산속 집
밤 되어도 무서워 말아요
당신 옆에는 내가 있으니
깊은 산속 당신 집
당신 영혼과 내 영혼이 같이 머무는
밤 되면 별이 빛나는 당신이 사는 깊은 산속 집

구정

당신 떠나고
처음 맞는 구정
헤어진 지 여덟 달
홀로 초하루 맞이하고
당신 영전에 떡국 한 그릇 소주 한 잔
당신 생전 식구들 모두 모여 세배하고
갈비 잡채 만들어 나눠 먹이던 당신
당신 없이 맞는 첫 번째 구정
시집으로 베트남으로 친정집으로
다시 모여지지 않는
가족들

세종대왕능

세종대왕님 능 구경 가던 날
모두 산책로 올려 보내고
숲길 의자에 앉아
애들 내려오기 기다리고
여주 집 뒤뜰에
간이 수영장 만들어 주자던 당신
여름휴가 오기 전 떠나 버렸지
무엇이 그리 급하다고
뒤도 돌아보지 않고 떠나 버렸지

둘레길

당신과 오르던 왕대리 오름
힘들면 쉬고
이름 모를 이 묻혀있는
묏등에 앉아서 쉬기도 하고
오르막 숨차서 못 오르면 뒤에서 밀어주고
손녀는 나비 쫓아 마른 풀밭으로 내달리고
냉이가 유난히 많은 밭도 있고
조금만 더 가보자
어느새 여주 보 지나서 동네 한 바퀴 다 돌고
내일은 대왕님 능 쪽으로 가보자던 당신
여주 집 근처도 돌아보지 못하고
먼 길 떠나가 버린 당신

봄이 오면

봄이 되면
1차 이식 성공하고 퇴원해서
방앗간 쪽 냇둑에서
민들레 쑥 뜯으며 병 다 고쳤다고 좋아하고
작은딸 손녀 겨우 걸을 때
친손녀 네 살배기 앞세워
뒷등성이 산길 오르던 생각
배불러오는 작은딸
엄마 손 꼭 잡고 뒷산 등성이 오르던 때
그때가 제일 행복했던 시간
너무 잠깐 지나가 버렸어
다시 오지 않을 그날

이별

중환자실
당신 들여보내 놓고
가족들에게 연락하라는 간호사
회복하여 병실로 올라가는 환자들
이제나저제나 아내 이름 나오기를 기다리며
쳐다보는 안내판
끝났나 하고 들어가 보니 초점 잃은 당신 눈에서
눈물이 주르륵 흘러내렸죠
팔다리는 싸늘하고 점점 희미해져 가는
당신의 심장
주르륵 흘린 두 줄기 눈물
당신이 나에게 애들 잘 키우고
애들 눈에서 눈물 보지 않게 하라는
부탁인 것 알았습니다
당신이 나에게 마지막 주고 간 눈물의 의미를

긴 밤

자다 깨보면 한밤중
새벽쯤 되었나? 시계 보면 11시
뒤치락거리다 다시 잠들고
다시 깨서 시계 보면 2시
당신 생각하다 보면 다시 잠들고
세 번 네 번 깨었다가 다시 잠들고
당신 옆에 있으면 두런두런 애들 얘기 집안 얘기
며칠 남지 않은 명절 얘기
동지섣달 긴 밤이란 말은 있지만
나 혼자 지새는 긴 밤은 너무도 싫어

이별 준비

혼자 일어나기 힘들어
부축해 일어나서 싱크대에 기대서서
한 손으로 밥해주는 것을
맛있다고 먹고 있었던 나
지금 와서 생각해 보면
내가 얼마나 무능하고 미련한지
미운 기색 하나 없이 대해줬던 당신
혼자 살면 차림새부터 표시 나니
깔끔하게 하고 다니라던 당신
당신은 이미
나와 헤어질 준비라도 한 것입니까?
나와 이별 준비를 한 것입니까?

밤

당신이 생각나는 밤
자다 깨서 옆에도 보고
옆에 있을 것 같아
한번 바라보고 돌아누우면
당신과 같이하던 그 생각들
눈 끝 촉촉해지고
가슴도 아리고
아 지금 생각 당신이 옆에 있을 때가 최고
내가 당신 곁으로 가면 생전처럼
나를 아껴줄까? 미워하지는 않을까?

인생

당신 인생이
피다 시들고
당신 앞에 바친 꽃이 시들었군요
당신 얼굴 다시 봅니다
이제는 시들지도 말고
나보다 먼저 죽지 마
죽으면 안 돼
영원히 같이 살 당신의 영혼

밤

친구 없는 삶이 팍팍하니
젊을 때 좋은 친구 만들어 놓아야
늙어 생전 팍팍하지 않게 산다는 말
늙어서 고독하게 살지 않는다는 말
아내 없이 나 혼자 살아가야 하는 고독
동지섣달 밤이 길다는 말
나 혼자 보내야만 하는 밤
얼마나 길고 긴지
밤 오는 것이 두려워
밤 오는 것이 싫어

당신에게

어떤 시인이 쓴 시 한 토막
떠난 님이 그리워
떠난 님을 그리며
쓴 시 한 토막
살아있는 이에게 쓴 것인 줄 알고 살았는데
당신 떠나보내고 잠 못 드는 밤
영영 오지 못할 당신을 향해
쓴 것임을 이제 알았소
불러도 대답 없는 이름이여
부르다 내가 죽을 이름이여
그 이름 내 아내

제2부

아침에

꿀잠 없어진 지 오래고
밤새 뒤척이다 앉아있다
그러다보면 날이 밝고
당신 있을 때 그 시간
토라져서 돌아누워 있다가도
애들 얘기 회사 얘기 그렇게 살아왔지요
텅빈 집 휑 덩그레 왜 이리 넓은지
바람은 왜 이리도 차가운지
쓰잘데도 없이 밤은 왜 이리도
길고 긴지

별미

출근해서 같이 일하고
나는 힘들다고 누워 있어도
퇴근길에 사 가져온 열무 한 단
고추장 한 숟갈 들기름 한 숟갈
아침에 먹다 남은 밥 한 숟갈 비벼서
당신 한 숟갈
나 한 숟갈
조금 남으면 서로 밀치기
나는 배부르니 당신 더 먹어
천하에 없는 진수성찬
다시 맛볼 수 없는 별미

아들 생일

다음 주말 당신 아들 생일
서른두 번째 생일
한번도 빠지지 않고 챙겨주었지
당신 보내고 처음 맞는 아들 생일
내가 챙겨 주리다
당신만큼은 못해줘도
미역국 한 그릇 따뜻하게 만들어서
아들 줄께요
너무 걱정마
당신 몫까지 정성들여 자식들 잘 챙겨줄께
당신도 저세상에서 우리 자식들
잘 키울 수 있도록 도와주세요

입맛

잔치국수 한 사발
유난히 잔치국수 좋아했던 나
그렇게 아픈 몸인데
한쪽팔은 싱크대에 얹고 한쪽발로 서서
하지 말라고 말려도 잔치국수 말아주던 당신
한 그릇 먹고 나면 자기것 덜어주던
꿈에도 그리운 당신의 손길
그 손맛
잔치국수 말아주던 당신의 그 손맛

치료

암치료
히크만 치료
가슴 제일 깊은 곳
최고 큰 정맥에 큰 주사바늘 심어놓고
줄을 연결하고
몸 밖에 나온 줄에 다섯 개 링거 매달리고
링거팩 달아놓는 스탠드
적으면 세 개 많으면 다섯 개
그렇게 한차례 난리치고 다른 사람 되지요
머리털 눈썹 모두 빠지고
얼굴은 붓거나 마른 장작개비
한 계단 한 계단 그렇게 내곁에서
멀어져간 당신

갈 곳

갈 곳 없이 내 마음이 서있다
가족도 옛날 그대로 친구도 옛날 그대로
산천초목도 옛날 그대로
내 마음 갈 곳이 어디일까
달라진 것 있다면 당신 먼저 떠난 것
나 혼자 두고
당신 혼자 훌훌 먼 여행길
떠난 것

가족

당신 데려가고 새 가족 하나 주고
야속한 조물주
당신 둘째딸 새 가족을 보았다오
너무 예쁘고 소중하고 건강하고
당신 작은딸이 두 번째 딸을 보았다오
당신 아파 두 번째 이식 결정나던 날
임신소식 주었지
당신과 나의 소중한 새 가족
당신도 어디에선가 보고 있겠지
건강하고 밝고 바르게 키우겠다고
당신 영전에 빌고 또 빌고

먼 여행

어젯밤 들어왔습니다
당신 생전 흔적들 너무 생생해서
피하고 도망쳐서 왔습니다
당신이 그렇게 가지 말라던 곳
나는 다시 돌아갈 수 있지만
당신은 영영 돌아올 수 없는 사람
돌아오지 않을 사람
사랑하는 내 아내

인생

태어나서 열다섯 나이에
고향 가족 떠나서
열다섯 해 혼자 살고
삼십에 결혼해서 삼십오 년 당신과 같이 살고
혼자 살아온 십오 년
당신과 같이 살아온 삼십오 년
앞으로 혼자 살아야 할 십오 년
어허, 인생 별거 아니네
앞으로 혼자 살아갈 15년 고통의 세월
내 나이 예순다섯
십오년 더 살면 팔십 살

당신의 체취

당신 짠 내가 그리워

당신 입던 옷 빨지 않고

보고싶으면 냄새도 맡아보고

꼭 끌어안고 잠도 자고

그 냄새 그리워서 달려왔는데

그때 그 옷 그대로인데

내 코가 두 달 동안 늙어서인가

그때 그 냄새 어디로 갔는지

당신 땀에 절은 짠내가 어디로 다 가버렸는지

희미하게 밖에 남아있지 않네

그리운 당신의 땀 냄새

당신의 땀 냄새조차

날 버리고 멀리 가는가

밤 비행기

베트남 가지 말라고 애원하던 당신
선견지명 있어서
베트남 가면 당신 잃을 줄 미리 알았던가
그렇게 슬피 울며 말렸었는데
지금 와서 생각해 보니
그때 당신말 들을 것을… 그랬으면
당신 잃지 않았을까?
고집 부려 당신 잃은 것 같아 너무 가슴 무거워
애태우고 후회해도 돌이킬수 없는
당신 떠나간 길
당신 떠나보낸 회한 어찌하면
돌이킬 수 있을까

입국

밤 비행기
당신 보고 싶어서 당신 집 가고 싶어서
밤 비행기 탑니다
살아생전 못 해주고 지금 와서 이렇게 애태워 봐도
다시 볼 수 없는 당신
결혼이라는 굴레 씌워놓고 당신 갈 길 막아선 나
내 스스로 용서할 수 없어

당신 살려보겠다고

당신 살려보겠다고
일원 터널
정계 터널
이천 땅 지나서 여주 땅
앞은 보지 않고 날아다녔죠
무의식적으로 통행했었죠
그러나 지금 내 옆에 없는 당신
나를 얼마나 많이 원망할까

베트남에서 13

어제 아들 한국 들어갔어요
한 열흘 있겠다고 들어갔어요
손목 물혹 생겨서 수술하고 온다고
당신이 그렇게 사랑하던 아들
당신 계신 대현리 산속 집
아들이 가면 얼마나 좋아할까
손녀 며느리 데리고 첩첩산중 당신 잠든 곳
아들이 찾아가면
얼마나 좋아할까

동짓날

당신 생전 거르지 않고
동짓날 되면 절에 갔었는데
이젠 당신이 없으니 절에 갈 사람도 없네
절에 가서 내 건강 걱정보단 가족들 걱정 앞세우고
회사 잘되기만 기도했던 당신
세월이 약이라는 말들도 모두 헛 말
세월가면 갈수록
더욱 생각나는 당신

A등급

여보
우리 일등 먹었어
회사 평점에서 A등급 받았어
지하에서라도 축하해줘
살아있으면 얼마나 좋아했을까
당신이 세워놓은 분신 같은 당신 회사

사망보험

잊혀져 가는데
잊혀진 줄 알았는데
안 보면 더 빨리 잊혀질 줄 알았는데
보험 생명보험 아내의 사망보험
그것 타서 어디에 쓰라고 보험은 왜 들어서
보험금 수령하러 가는 작은딸도 울고
보험회사에서 확인전화 받고 울고
잊으려고 미친 듯이 미친놈처럼 일했는데
울어야 할 일 너무 많아
곳곳에 너무 많이 숨어있어

동거

나는 당신 곁으로 가서
불목 한이가 되고 당신은 비구니가 되고
한 울타리면 더욱 좋고
안 되면 가까운 곳에서라도 같이 살자
내가 당신 생전에 잘못한 게 너무 많아
당신이 안 되겠다고 하면 먼 발치에서나마
당신 보면서 살고싶다
이승에서 못하니 저승에서라도 꼭
당신 곁에 살고싶다

반성

당신과 다시 살 수 있는 기회가 온다면
못 가본 신혼여행 가고 싶습니다
당신과 같이 살 수 있는 기회가 다시 한번 온다면
나 혼자 밥 먹고 당신은 부엌에 서서
혼자 눈물 흘리지 않게 하겠습니다
당신과 다시 살 수 있는 기회가 온다면
이고 지고 어린 두 딸 걸려서
다니게 하지 않겠습니다
당신과 다시 살 수 있는 기회가 온다면
절대로 혼자 병원 가게 내버려 두지 않겠습니다
절대로 절대로
지난봄 수술하고 당신과 걷던 솔밭길
절대로 빨리 걷지 않겠습니다

살림살이

적금리
당신 이식받고 퇴원하던 날
강변 보신탕
보신탕집 계단 못 올라가 부축해서 겨우 들어갔지
아무것도 못 먹던 당신
보신탕 국물 몇 숟가락 떠먹고
입맛 잡아서 조금씩 회복해
여주 강변도 논두렁도 도전리 계곡도 산책했었지
애들이 하나씩 사준 냉장고, TV
당신과 둘이 먹던 밥상
TV받침대 베트남에 가져다가 내 곁에 두고
당신 생각하며 쓰고 있어요
식탁 하나 의자 두 개
하나는 당신이 앉고 하나는 내가 앉고
같이 앉아 식사하던 식탁
지금은 나 혼자 앉아 있는 식탁

혼수

장롱 한 개
퇴원 기념으로 여주 적금리에 세간 장만
두 번째 이식받고 퇴원하면 살 거라고 마련한
왕대리 집 세간
네 번째 베트남에 세간살이 준비한다
나 혼자 쓸 세간살이
무슨 전생에 지은 업보 때문에
이러고 다녀야 하는가
아내가 장만해온 신혼 살림살이 닳고 찌들어서
사용하기 힘들 때 한번 더 바꿔야 하는 것
살림살이

옆 병상 4

세탁소집 마나님
70도 넘긴 것 같은 1인실 아픈 할머니
병명도 없다고 한 달 전만 해도
아픈 데 없이 평생 부부 같이 일했던 세탁소
아내 간병 오느라 문 닫은 세탁소
다시 문 열 수 있을까
병실 밖 복도에서 만나면 늘 하던 말
어차피 보낼 수밖에 없을 것
같이 가고 싶다던 늘 입버릇처럼 하던 말
세탁소 주인의 말
어찌 같이 가고 싶은 사람이
당신 부부뿐이겠습니까?

옆 병상 3

새벽녘
응급실로 내려간 사랑하는 아내
동틀 무렵 짐 정리하려 아내가 있던 병실로
유품 정리하러 올라온 남편
너무나도 태연하게 조금 전 보내줬어요
도저히 못 일어날 것 같아
의사의 권유대로 보내줬어요
일주일 전만 해도 병 고쳐서 시골집 가서 살자던
앞 병상에서 들려오던 소곤소곤 잉꼬부부의 대화
지금은 공허한 메아리도 없는
흔적도 가물가물 주인 없는 옛이야기
대구에서 온 부부, 애절한 절규

옆 병상 2

병원 내 산책길
휠체어 탄 아내
휠체어를 밀고 나온 남편
더 이상 살 수 없을 것 같으니
기도 집회에서 열어달라고 애원하는 아내
마지막 부탁이니 집에서 마지막 기도회
한 번만 열어달라고
남편에게 울며 매달리며
이제 내게 남은 방법은 집에 가서
안수기도 한번 받고 가고 싶다고 애원하는 아내
그것은 미신 같아서 절대 안 된다는 남편
아픈 아내가 타고 있는 휠체어
복도에 놔두고 횡하니 사라진 지 30분
다시 돌아와 아내 찾는 남편
아픈 몸으로 혼자 휠체어 바퀴 굴려
어디로 간 것일까?
어디 남들 보지 않는 구석에 가서

얼마나 슬픈 눈물을
혼자 흘리고 있을까

옆 병상 1

중환자실
옆 병상 다투는 소리
아픈 아내 간병하는 남편
생활고에 쪼들려 집에 가자고 소리치는 남편
병 고쳐서 더 살고 싶어
집으로 가지 않으려는 아내
화내고 휭 하니 밖으로 나가버린 남편
병상에 누워 흐느껴 울다가
소리 내 울다가
잠들었는지 세상을 떠나갔는지
조용한 옆 병상

병원

와파린
살아 보겠다고 매일같이 한주먹
하루 종일 주사약 다섯 개
조그만 몸속 어느 곳에도
담아놓을 공간이 없을 만큼
하루 세 끼 식사량보다 훨씬 많은 양
그렇게 해서라도 살아보겠다고 몸부림치던
두 발로 서있지도 못하고 누워서 하루하루
차라리 죽는 게 낫겠다던 당신
그렇게 고통스럽게 살기보다는
암 없는 저세상으로 간 것이 더 나을지 몰라
남아있는 나는 너무도 고통스러워
밤 오는 것이 두려워 내일 또다시 찾아올 밤

베트남 12

출국
스물넷 꽃다운 나이
시집 잘못 와서
온갖 고생 다하고
남편 재미 한번 없이 일만 하다가
커가는 애들 재미 느껴보기도 전에
먼저 길 떠난 당신
아무리 고쳐 생각해 봐도
가슴 아려서 흐르는 눈물 참을 수 없어
어제 들어왔다가 도대체 못 견디겠기에
다시 나갑니다
당신 스웨터 평소 입던 반팔
몇 가지 태워주고 나가렵니다
내가 입던 속옷 한두 가지
같이 태워 드립니다
연기되어 훨훨 당신 곁으로 날아갑니다

베트남 가는 길 2

하늘 구름길
끝도 없이 이어진 안개구름 길
하늘나라로 갔다고 찾지 말라고
당신이 사는 하늘나라
주소도 없고 약도도 없고
너무나도 넓은 하늘나라
어디로 가면
당신 사는 집 찾을 수 있을까

베트남 공장

당신과 같이 가던 아들 공장
지금은 나 혼자 가고 있어요
억겁의 세월
그 숱한 고생들
당신 떠나고 난 빈자리
그 무엇으로도
채울 수 없네

베트남 가는 길

당신 집 찾아서
멀리 하늘 높이 날아봅니다
아까는 새털구름 지금은 뭉게구름
구름바다 위를 날아갑니다
행여 당신이 마중 나와 있는지
하늘나라 당신 집 앞
유심히 밖을 내다봅니다
구름길 넘어 당신 마중 나와 있을 것 같아
목 길게 빼고 찾아봅니다

병원

당신이 한없이 원망스러워할 사람
꼭 살려달라던 애처로운 당신의 마지막 눈빛
들어주지 못하고
그냥 당신을 떠나보내고 말았습니다
꿈에서라도 만나고 싶은 사람
죽어서라도 다시 만나고 싶은 사람
그러나 당신이 제일 미워할 사람
원망할 사람
당신이 남편이라 부르는 못난 사람

귀국

어제 들어왔습니다
공항에서 향한 곳
당신 사는 산속 깊은 곳
낙엽 떨어지고 코스모스도 지고
맨드라미 씨앗 한 움큼 따서 멀리 던져봅니다
내년에 더 먼 곳에서 더 멀리 피어나라고
가는 동안 옆자리에 당신이 앉아있는 것 같아
오는 내내 당신이 옆자리에 앉아있는 것 같아
운전이 피곤하지 않았습니다

베트남 7

전에 쓰던 사무실 칸막이해서 살고
날씨 추워져 감기 걱정된다고
아들이 사다 준 전기장판 한 장
따뜻하고 참 좋아
당신 살아있다면 꿈도 못 꿀 일
당신 가고 없는 지금은
관사도 좋고 기숙사도 좋아
이제는 혼자서 살아갑니다
그 뜻 못 이루고 먼저 떠난 당신
이제는 나 혼자서 해야 할 일
약속합니다 아들 딸 가족이 행복하게

환갑 여행

온 가족 다 모여 여행 왔던 곳
지금은 혼자 걸어봅니다
당신 환갑여행 친정집 식구 모두 모여
하롱 베이 여행 왔었죠
당신과 같이 탔던 케이블카
바다에 떠있는 기암괴석
우리 묵던 호텔 하나 지금은 30개는 넘는 것 같아
그땐 당신 이식받고 건강 좋아
높은 산 하나 빼고는
모두 따라다녔죠 이제 혼자 가는 길
2년 채 넘지 않았는데
이제는 혼자 걷는 그때 그 길
당신과 마지막 해외여행길
마지막일 줄 꿈엔들 알았을까
하롱 베이 환갑 여행길

하늘

누가 당신 안부 물으면
하늘나라 갔다고
비행기 타고 하늘나라 와보니
당신은 없고 뭉게구름만 저 멀리
구름아 넌 알고 있니 내 아내 사는 곳
구름아 넌 보았니 내 아내 사는 집
혹시 보거든 내 소식 전해주렴
애타게 그리워 잠 못 든다고

기내식

와인 잔 받아서
건네주던 당신
술 많이 마시면 흉하게 본다며
자기도 조금 받아 나에게 주고
지금은 혼자 먹는 기내식
모래알 씹는 기분

허공

아무리 후회해도 되돌릴 수 없고
아무리 불러봐도 허공 메아리
와달라는 당신은 오지 않고
공허한 메아리뿐
하늘에 불러봐도 대답 없고
깊은 밤 불러봐도 대답 없는
먼 길 떠난 당신
와달라고 목매어도 못 오는 당신
와달라고 애원해도 못 오는 당신

갈등

부부가 되면
친정집 시집 식구 처갓집 본가
오가면서 갈등 많지요
그러나 그때 지나 뒤에서 보면
큰일도 별것도 아닌 사소한 일들
그러다 누구 하나 먼저 떠나면
지은 죄 마음 아파
어찌하려오

출국

아침 일찍 일어나 아들한테 갑니다
비즈니스석 라운지 식당
모두 당신이 만들어놓고 떠난 것
이용 한번 못 해보고 그냥 떠나고
지금은 쓸쓸히 혼자 앉아서
생전 당신 모습 그려봅니다
맛있는 음식 가득해도 먹을 맘 없고
아무런 생각 없이 눈물만 납니다
아무런 감각도 없이
눈물만 납니다
슬픔조차도 말라갑니다

부모

서른이 다 넘었고
시집 장가 다 보냈어도
내 맘속엔 항상 아이들
맘 다칠까 봐 소리 내어 울지도 못하고
슬픈 표정도 눈치 보여
어찌 엄마 잃은 슬픔과
아내 잃은 슬픔을 비교할 수 있을까?
아무도 보지 않는 아내가 잠들어 있는 산소 마당
엎드려서 울어보고 새우 모양 누워서 울어보고
몸부림치면서도 울어보고
속이 뻥 뚫릴 때까지
소리 죽여서 울어도 보고

그리움

첫가을
아내가 잠든 묘 마당에
돗자리 하나 깔고 하늘 향해 누워본다
구름 한 점 없이 높고 푸른 가을 하늘
이제는 가고 없는 당신을 그려본다
당신 마음이 지금 보고 있는
가을 하늘 같았지
이렇게 고운 날에 당신이 오신다면
얼마나 좋을까
이제는 영영 다시 못 볼 당신

동행

이 가을 넘기지 말고 죽어서
아내 옆에 묻혔으면 좋겠네
쓸쓸하고 외로워 너무 힘들어
황금 들판도 나 혼자 보고
조금 있으면 단풍도 나 혼자 보고
예쁘게 핀 가을 들꽃 나 혼자 보고
하늬바람에 흔들리는 코스모스
당신 생전에 좋아했던 꽃
가을바람에 흔들리는 코스모스
당신 사는 세상에 가서 같이 봤으면

그리움

스물넷
꽃다운 나이
내 아내 고향 운곡면 위라리
큰 애 업고 인천 연안 부두 갔을 때
저게 바다냐고 신기해하고
애들처럼 좋아하고
못된 사람 만나 굶기를 밥 먹듯 하고
능력 없는 남편 만나 냉골에서 자고
낮에 일하는 것 가지고는 모자라 밤새워 일하고
없는 살림에 세 애들 탈 없이 잘 키우고
잘 가르쳐 남혼여가 다 시키고
이만하면 밥 안 굶고 살만하다더니
박복한 사람아 내 아내야
당신 지금 먼 길 가서 어떻게 사는지
또다시 굶지는 않는지 헐벗지는 않는지
나도 데려가 주오
내가 가서 볼 수 있게

나도 당신 사는 곳에 데려가 주오

무심

아내 산소 위에
아버지 어머니 산소
그 위에 도토리나무, 상수리나무, 떡갈나무
바람 불때마다 상수리가 떨어져 쌓인다
언제 떨어졌는지 알 수 없지만
상수리 도토리 수북하게 쌓여간다
알맹이는 청설모가 가져갔는지 보이지 않고
내 인생과 같이 빈 껍질만
수북허니 쌓여간다

당신 집

절편, 송편, 인절미, 햇반
당신 집 앞에 차려놓고
생전 당신을 그립니다
아무리 그리워해도 다시는 오지 못할 당신
행여나 꿈속에서라도 만날 수 있을까
당신 무덤 집에서 기다려 봅니다
저린 가슴 부여안고 기다려 봅니다
당신 올 때까지 기다리렵니다

제3부

여행

빡빡머리 아내야 어디에 있소
나 보기 싫어서 숨어버렸소
거기 가도 찾을까 봐 더 멀리 갔소
나 모르는 곳으로 꽁꽁 숨었소
당신 그리우면 어디로 갈까
당신 보고프면 어떻게 할까
다시 못 올 머나먼 길 왜 떠나갔소
내가 그리 미워
나 떠나갔소

방황

아내야
가을 가랑잎은 어디로 갈까
바람에 쓸려서 어디로 갈까
마파람에 실려 떠나는 나락 검불
볏 토매에 매달려서 가을 낙엽아
너는 떠나서 어디로 가니
아내가 떠나간 길 찾아서 가니
떠돌다가 혹시라도 아내 만나면
내 소식 잘 있다고 전하여다오
당신 그리면서 살아간다고

요리

묵은지는 썰어서 밑에다 깔고
멸치 몇 마리 집어넣고
아내가 생전에 가르쳐 준 대로
자작 자작하게 쌀뜨물 붓고 끓여보자
아무렇게나 끓여도 맛있던
당신이 끓여준 김치찌개 맛
당신 하던 그대로 해보자

당신의 체취

당신 입던 바지, 티셔츠
당신 땀내 흠뻑 배어 있는 옷가지
당신 보고 싶을 때
당신 그리울 때
만져도 보고 냄새도 맡아보고
빨지 않고 입던 그대로 걸어 두었는데
하루하루 갈수록 흐려지는 당신 땀 냄새
땀 냄새 쩔어서 짠 내 나던 당신 옷
왠지 냄새가 자꾸 흐려만 지네
어찌하면 당신 냄새 그대로
잡아둘 수 있을까

코스모스

당신 집 가는 길
코스모스 긴 목 바람에 하늘거렸지요
유난히 코스모스 좋아하던 당신
나는 꽃 중에서 코스모스가 제일 예쁘다던 당신
당신 무덤가에 코스모스 만발했네요
당신 누워있는 무덤 집
고개 들어 코스모스 바라보면
코스모스 꽃 위로 당신 모습 아련해
코스모스 꽃 위로 어리는 당신

원죄

죄 많은 나
내 옆에는 떠나만 갈까
큰형도 떠나가고
누나도 떠나가고
어머니도 떠나가시고
아버지도 떠나가시고
조카도 떠나가고
아내마저 날 버리고
먼 길 떠나가고
많지 않은 나이에
왜 떠나만 갈까

후회

내가 왜
아내에게 툭하면 화를 냈을까
그렇게 4~5년 동안 병마와 싸울 때
세상 떠날 수도 있다는 생각을 왜 못했을까
항암주사 맞고 나서 다리가 절절거린다고
주물러 달라고 했을 때 10분도 안 돼서 팔 아프니
그만 주무르라던 아내 말을 왜 들었을까
한 시간이고 두 시간이고 주물러줬어도
아내가 떠나면 또 못할 것을
한 치 앞도 못 보던 당신 남편
당신 떠나보내고 후회하는 미련한 남편

아내 집 2

새벽 일찍 집을 나서
아내 산소에 왔습니다
못동 옆에 돗자리 깔고 누웠습니다
가을 귀뚜라미 소리
상수리 나뭇잎 새에 부딪치는 바람 소리
고추잠자리 한 마리가 아내가 잠든
못동 발치에 앉았습니다
가을바람 스산하게 불어도
아내 못동 옆에는 아늑하고 따뜻합니다
아내 살아생전 꼬옥 보듬어 주던
그때처럼 포근하고 따뜻합니다

아내 집 1

산 소리
쏴쏴 쏴아아~
솔잎에 부딪히는 마파람 소리가
당신 빈자리 마음속에 둥지 틉니다
당신 잠든 묘 마당에 누워
높고 푸른 하늘을 바라봅니다
평소 당신 살아생전
조금이라도 잘해 줄 것을
이렇게 짧게 살고 떠나갈 줄을
억장 무너지는 가슴을 안고 울고 또 울어봐도
밀려오는 회한과 뒤늦은 후회
당신 떠난 빈자리에 둥지 틉니다

코스모스

당신 고향 가는 길목에
코스모스 곱게도 피었었지요
유난히 코스모스 좋아한 당신
코스모스 목이 길어 한들한들
바람결에 흔들리는 게 그리 좋다던
당신 목도 코스모스 목만큼 길고 고왔죠
당신 잠든 집 마당가에
코스모스 한 포기 심어 놓았죠
꽃망울 진 코스모스 만개하면
맘속 깊이 아스라이 저려오겠지

당신 옷

친구의 꿈속에 밝은 모습으로 나타나
다른 여자들은 모두 카디건을 입었는데 당신
혼자만 안 입고 있었다지요
오늘 당신 입던 카디건 몇 개
신던 신발 세 켤레 가지고
당신 산소 와서 태워줍니다
여태까지 당신 물건 손 못 댄 것은
너무나 소중해서 없애기 싫어
없애면 다시 볼 수 없을 것 같아
지금까지 가지고 있었습니다
신발 세 켤레 가져왔는데
도저히 없앨 수가 없었습니다
두 켤레는 발 시려울까 태워드리고
한 켤레는 다시 가져가려 합니다
장롱 속에 깨끗하게 빨아뒀다가
당신이 사무치게 그리울 때
그때 꺼내서 보려 합니다

냉장고 청소 1

당신 쓰던 냉장고
생전 처음 냉장고 청소합니다
잘 닦아서 얼려 놓은 암에 좋다는 자색 과일
생강은 잘게 저며 얼려놓고
파는 송송 썰어서 비닐팩에 넣어놓고
지난가을 김장 담글 때 얼려 놓는 시래기
구정 때 넣어놓은 소갈비 굴비
제주도 골프 가서 사다 놓은 고등어
당신은 아파서 못 따라가고
친구들만 태국 여행 갔다가
섭섭하다고 사다 준 노니 가루
이제는 주인 없어 먹을 이 없어
당신이 먹던 음식
모두 모아서 묻으렵니다
왕대리 당신 집 뒤뜰에 묻으렵니다
멀리 버리기엔 너무 소중해
아무 데나 버렸다가 들짐승 날짐승들이

물고 갈까 두려워

왕대리 집 울 안에 구덩이 깊게 파고

꼭꼭 밟아 묻으렵니다

왕대리 잔디

당신 살던 집 앞마당
퇴원해서 건강하게 백 년 살자던
다시 돌아오지 못한
왕대리 집 앞마당 잔디
산속 집 발치에 두 삽
언덕배기에 한 삽 심었습니다
차가운 겨울
된서리 바람막이 되어주었으면

대현리

바람이 분다
마파람이 분다
당신 잠든 무덤 위로 마파람이 분다
얼마 안 있어 추석
단풍 들어 곱디 고울 새 동네
날씨 추워지면 어쩌나 잔디도 뿌리 못 잡고
찬 서리 내리면 어쩌나
찬 눈 쌓이면 당신 추워서 어쩌나

여주 집

아내가 그리워지면
산책길을 걷자
앉아서 쉬던 자리에 쉬어도 보고
또 일어나서 걷던 길 걷자
걸어도 걸어도 그리움 남으면
옷 단추 끌러서 가슴을 열자
그리움 더해지면 가슴을 치자
두 주먹 꽉 쥐고 가슴을 치자
멍들고 아리도록 가슴을 치자

여주 보

오늘도 여주 보는
소리 내어 흐르고
당신과 벤치에 앉아 듣던
그때 그 물소리
그날도 떠있던 오리 몇 마리
여주 보 타고 넘는
그때 물소리

친구들

당신 친구 다섯 명
여주 집에 와서
식사도 하고 차도 마시고
여주 보 깔깔거리며 걸어서 건너갔다 오고
일주일 후
당신 영전에 절하고 헌화하고 절규하고
원망스런 일주일

여주 집

여주 보
자전거길 도로가 벤치
같이 내려갔다가 올라올 때 힘겨워해서
내가 당신 손잡고 당겨주고
두 계단 올라오고 쉬고
또 쉬었다가 다시 한 계단
머리카락 하나 없는 머리 털모자 눌러쓰고
당신 여행 떠난 지 삼 개월
2018년 9월 1일
나 혼자 여주 보에 와서
당신과 앉아있던 그때 그 벤치
지금은 혼자 앉아
먼저 떠난 당신 생각 그리워
흐르는 눈물
여주 강 건너편 당신의 모습

여주 집

물 흐른다
강천보 물이 흐른다
노도와 같이
성내며 물이 흐른다
무넘기 거품 밤 조명 받아
흰 포말 부서져 흘러간다
강 건너 불빛
강천보 다리 불빛 영롱하게
하얀 포말 일으키며
강천보가 흐른다
당신과 같이 걷던 강천보

가을

누렇게 익은 벼 이삭 위로
석양이 물들어 고운데
먼 길 떠난 당신
누렇게 익어가는 이 들판
저세상 어드 메서 보고 있을까
내 생각 하면서
보고 있을까
원망스런 남편

가을

왕대리 황금들녘
당신 병원 갈 때
이장님네 늦못자리 하고 있었죠
왕대리 삼거리 차 안에 홀로 앉아
누렇게 익어가는 벼 이삭 보며
울며 벼 이삭 보며
고개 숙인 벼 이삭 다시 보며
시려오는 가슴 달래보지만
흐르는 눈물 막을 수 없어
당신과 걷던 그 길가에 차 세워놓고
고개 숙인 벼 이삭 보고 울고
벼 이삭 보고 또 울고

그리움

하루가 가고
또 하루가 가고
다음날 또 하루가 가고
세월 가면 잊혀진다는 그 말
진실이 아닌가 봅니다
하루가 가고 또 하루가 가도
더욱더 또렷하게 다가오는 당신 얼굴
세월 가면 잊혀진다는 그 말은
아마도 말꾼들이 지어낸
괜한 소리인가 봅니다

못 돌아올 길

다시 돌아오지 못할 여행 떠난 당신
사람은 해서 안 되는 일 없건마는
신도 하지 못하는 일이
많은가 보다

가을

가을 잎새가
한없이 마파람에 날아가다가
힘없이 내려앉는다
고추 멍석도 기웃거리고
콩 멍석에도 기웃거린다
넉 달 전 헤어진 아내 얼굴
심장 깊은 곳에
내려앉는다

가을

가을 돌개바람
녹두 멍석에 내려앉는다
금방 떨어진 상수리 잎도 가져오고
떡갈나무 잎도 가져다 놓고
가을 잎새가 스산하게 날아간다
고추잠자리 한 마리 날아간다
날아서 날아서 아내 곁으로
아내에게 내 소식 전하여다오

꽃다운 나이

꿈 많고 정 많아
조상신이 질투했나
길 떠났다
다시 오기 어려운 길을
떠났다

출국

그리움 말라버려 먹먹해진 가슴 안고
목이 유난히 길어
바람 잘 타는 너를 두고
나는 저 멀고 먼 길을 떠난다
베트남 사는 아들 찾아 길을 떠난다
비행기 옆자리 항상 당신 자리
이제는 홀로 앉아서
목이 유난히 길던
당신 생각 젖는다

타작

심장이 저문다
공허한 가을 벼 바심 마당
심장이 저문다
내일은 어디로 가는지
아무도 모르는 채
늦가을 바심 마당
심장이 저문다
스산한 바람 콩멍석에 내려앉는다
가을바람에 뒤엉켜
내 심장이 저물어 간다

장독대

병 고치고 나와서 고추장 된장 간장
담가서 애들도 주고
효소 담가 먹고 아프지 말자고
엄청 크게 장독대 만들었는데
장 항아리
그 안에 들어있는 고추장
곰팡이만 한가득

열무꽃

열무꽃 만발하여

벌도 오고

나비도 오고

열무씨 받아서 뿌려두고

열무김치 담가 먹자던

곱디곱던 당신

열무꽃도 가고

당신도 가고

이제 홀로 남아

당신 생각

왕대리 뒤뜰

밤 꽃 필 때 당신 병원 갔는데
지금은 아람이 벌어졌어요.
밤 꽃 필 때 당신과 같이 봤는데
아람 벌어 알밤은 떨어지는데
주울 사람도 없고
먹을 사람도 없고
봐줄 사람도 없고

가뭄

당신 산속 집
뒤뜰에 나무 심고
여름 내내 한 번도 비 오지 않아
심어놓은 나무 모두 타들어갈 때
내 맘도 함께
타들어 가고
당신 잠든 집
깊은 산속 대현리

준비

당신은 알고 있었지?
똑같은 티셔츠 열 개
똑같은 바지 열 개
내 키에 꼭 맞게 줄여다
옷걸이에 나란히 걸어놓고
나 없어도 꾀죄죄한 모습으로
다니지 말라 말할 때
농담하지 말라 했지만
이미 그때 당신은
여행 떠날 준비를 하고 있었지
나 눈치 못 채게
혼자서 떠날 채비하고 있었지

빨래 3

그저께 작은딸이 와서
빨아 널고 간 소파 커버
오늘에서야 걷는다
나가면
언제 들어올지 몰라
걷어서 방바닥에 널어놓는다

빨래

아내가 빨아준 옷에서는
향내가 난다
내가 빨아 입는 옷에서는
꼬리 한 냄새가 난다
같은 세탁기 같은 세제 썼는데
왜 그렇지?

왕대리

고추
가지
토마토
많이 심지 말라던 당신
먹지 못할 거면서
심어놓고서
가지, 토마토, 오이
열리고 또 열리고
따서 먹는 이 없어
늙어가고 열린 열매 볼 때마다 당신 생각
가슴속은 온통
염장 소금 젓

여주 보

바람이 차가워

패딩 입고 목도리 하고

한 발짝 또 한 발짝

가다가다 보면 어느새 여주 보

강바람 차가워

면역력 없는 당신

감기 들까 노심초사

여주 보 강가

당신과 걷던 강가 여주 보

왕대리 아내야

매운 고추 따다가 점심밥 먹자
강된장 듬뿍 발라 점심밥 먹자
멸치 넣고 볶아서 점심밥 먹자
너 한 숟가락 나 한 숟가락
맛있게 먹자 도란도란
우리 둘이 맛있게 먹자

왕대리 와서

당신 사진 봅니다
동양에서 느꼈던 반가움을 기대했는데
밀려오는 그리움 괴로움
전보다 달라지지 않았더군요
여보
보름 동안 혼자 어떻게 지냈어요?
미안해
앞으로는 오랫동안 혼자
떼어놓지 않을께

며느리에게

아가야
병풍 하나 주문하거라
너무 티 나게 곱지도 않고
너무 티 나게 밉지도 않은
그런 병풍 하나 장만하거라
돌아오는 추석에 너희 시어머니
고인 되시고 처음 맞는 추석
햅쌀 한 되박 사서
송편 빚고 메지어서 차례 지내자
어머니 오셔서 드시고 가시게
정성 들여 정갈하게 차례 지내자

베트남에서 4

나무 사왔습니다
꽃도 사왔습니다
여기다 심고 나무 키우며 살겠습니다
당신 생각 그리우면 나무에 물 주고 가지 다듬고
그러다 보면 나도 늙어
당신 곁으로 갈 수 있겠지요

베트남 11

정들지 말아요
정 주지 말아요
언젠가 먼 훗날 헤어지게 되는 날
너무 힘들어 저린 가슴 어찌하려오
가슴 저려보지 않은 이
말도 하지 말아요
저린 가슴속 보여줄 수 없어요

왕대리 2

면역력 없는 당신
들 진드기 무서워 묏등에 오래 앉아있지 못하고
이장님네 담벼락 사잇길로 내려왔지요
가파른 길 당신 넘어질까 봐
두 손 꼭 잡고 내려왔지요
한 손에는 당신
또 한 손에는 하린이

여주 뒷동산

고개 오름에 숨이 차 오솔길로 들어섰지요
하린이 손 잡고 걷다 쉬고
걸음마 시작한 손녀딸
노랑나비 쫓아가다 넘어질까 봐
두 손 휘휘 저으며 불러 앉히던 당신 생각
간절해 울고 또 울고

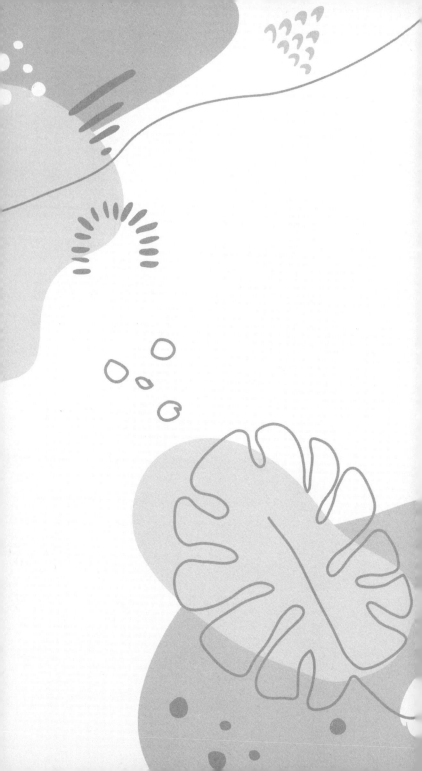

제4부

그리움

당신 산소 가물어서 풀이 모두 말랐을 것 같아
맘 편치 않고
당신 보고 싶어서 들어가려고 그래
일요일에 들어갈게

빈 자리

자식들 성공
사업 성공
부부생활 실패
자식들이 잘해주고 잘해주려고 노력하건만
이 한 몸 의탁할 곳 마땅치 않네

동행

오늘 2018년 8월 15일
밖에 비가 오네요
저녁에는 비가 한 줄금 내리고
낮에는 그치고
아들하고 나무시장에 갔었어요
과일나무 꽃나무
오늘 가져다 심어준다고 했어요

부모 마음

아들은 오늘 한국 들어간다네요
아인이 동생 당신이 잘 보살펴주세요
애들 가정 잘되게 도와주시고요

죄인

여보
오늘 우혁이 한국 들어갔어요
나는 당신에게 씻을 수 없는
죄를 졌지만
당신이 애들 좀 잘 보살펴줘서
당신 제사 지낼 놈 대 끊기지 않게 도와줘요
이런 말 하는 내가 너무 밉지만
미안해 잘못했어요 정말 죄송해
일요일 들어가서 봐요

아들

당신 아들
여기 주재원들 아침 거르고 출근하는 이 많아
과일 갈아서 노니 한 스푼
아사히 베리 한 스푼
과일주스 만들어 아침 대용 하려고 합니다
며칠 해봤는데 반응이 좋아 계속 하려고 합니다
노니도 성인병 예방 아사히 베리도 성인병 예방
노니잎 넣고 끓여서 보리차 대신
마실 수 있게 하고 있어요
아들 건강 생각해서라도 끊이지 않고 계속되도록
당신이 도와주세요

소풍

논두렁 콩 꼬투리 익어가고
벼이삭 황금물결 바람에 출렁일 때
그때 소풍 가요
고추잠자리 꼬리 붉게 변하고
들, 열매 무르익을 때
우리 그때 소풍가요
따라오기 힘들어 쉬어가자던 당신
손잡고 소풍 가요
고개오름 따라오기 어려워 힘들면
평평한 들판 길로 소풍가요
먼길 떠나 못 돌아오면
당신 있는 곳으로 소풍 가요

오리 새끼 한 마리

당신 생각 잊어보려고
오리 새끼 50마리 사왔지요
하루 이틀 잘 자라더니 그중 한 마리가 비에 젖어
따뜻하게 불도 켜주고 젖은 털 말려주었지요
방에 데려다 박스에 넣어주고 같이 잤지요
아침에 일어나보니 죽어서 쓰러져 있었지요
남은 건 49마리
모두 건강한데 그중 한 마리만 먼저 떠났지요
당신 생각에 울면서 묻어 주었지요
당신 친구들 49명 모두 건강한데
당신만 먼 길을 혼자 갔구려
혼자 가다 무서우면 나도 데려가요

일상

오전에 나무를 심었습니다
비가 오락가락해서 속도가 안 나네요
오후에도 계속 심고
일요일
당신 보러 가야죠

오리 새끼

키우던 오리 새끼는
회사 직원 중 키우고 싶다는 직원 줬습니다
딸이 불치병 걸렸다고 합니다
얼마 안 되지만 키워서
병원비에 보탰으면 좋겠네요

하늘

이런 하늘은
오랜만에 봅니다
매일같이 비가 왔거든요
날씨도 서늘해서 온수기 켜서
샤워했어요

오늘

오늘
하루 나무 심으면 끝날 것 같아요
당신과 같이라면
얼마나 행복할까

왕대리 산길

오늘 나무 심고
내일 밤 비행기 타요
모레 회사에 들렀다가
아내 산소 돌아보고
모레쯤 아내와 같이 걷던 길
다시 가기 싫지만
의식없이 발길 가는 곳
왕대리 산길
들판 논길

반가움

한국 들어와서 이틀째
당신 사진 옆에 누워있으니
마음이 편안해지네
어제는 여주 집에서 잤습니다
동양집에서 당신 얼굴 본 순간
얼마나 반갑던지
괴로움보다 반가움이 가득했습니다
당신 여행 떠나고 처음 느낀
그리움, 반가움

왕대리

햇 벼가 익어간다
당신 병원 갈 때 써레질하고
못 자리 놓고 벼는 익어
햅쌀이 나왔는데
당신은 다시 못 올 먼 길 떠나고
햅쌀밥 나 혼자 어떻게 먹어
꿈속에라도 살며시 집으로 오면
첫 수확 나온 쌀로
밥 지어줄게

왕대리 소나무길

힘들면 내 손 꼭 잡고 매달리던 당신
창백한 얼굴 가리려 털모자 푹 눌러쓰고
가쁜 숨 몰아쉬며 가다가 쉬고
묘마당에 앉아서 내게 하던 말
이식하고 완치해서 다시 걷자던 왕대리길
이제는 나 혼자서 걸어보지만
당신 생각 겨워서 갈 수가 없네

기다림

박 넝쿨에
조롱박 열리고
올해에 심었는데도 대추가 열렸어요
당신 낮에 올 수 없으면
밤에라도 잠깐씩 들러서
굵은 대추알 익어 가는 것
조롱박 언제 따야 되는지
알려주고 가세요

빨래 2

아내가 생전에 가르쳐준 대로
수건은 3단으로 접고
양말은 빨아서 뭉치로 접고
셔츠는 빨아서 옷걸이에 걸고
왕대리 왕소나무 사이로
아직 넘어가지 않은
석양을 본다
당신집 가까운 서쪽하늘

비

당신 집 무너질까 걱정되서
가보고 또 가보고
그래도 미덥잖아 또 가게 되고
깊은 산속 당신 집 혼자 두고 돌아설 때
차마 발길 안 떨어져
뒤돌아보고
또 뒤돌아보고

당신 집

당신 집 옆에다 정자 하나
당신 생각날 때 달려가서
앉아도 있다가
누워도 있다가
잠오면 잠자고
당신 옆에서 잠잘 때가 제일 행복해
살아생전도 그랬고
나를 두고 떠난 다음도
당신 옆이 제일 행복해

뒤뜰

비가 억수같이 쏟아집니다
장대비가 쏟아집니다
왕대리 뒷마당
혼자 앉아서
당신 생각 젖었습니다
가슴 미어지는 고통 밀려옵니다
내가 조금만 잘 살펴봤다면
당신 먼저 보내지 않았을 텐데
후회도 해보고 자책도 해보고
뒤늦은 줄 알면서
아무 소용 없는 줄 알면서

울던 날새도 울지 않는다

큰 비가 오려나 보다
쿠으릉… 쿵 쿵 번개가 친다
아마도 이 번개는
아내를 생죽음으로 내몰아 버린 나에게
하느님께서 내리시는
천벌일 것이다

어찌하면 되나요?

당신이 보고 싶으면
나는 어찌하면 되나요?
당신이 사무치게 그리우면
나는 어찌하면 되나요?
젊은 시절 당신을 섬겨주지 못했고
정이란 게 무엇인지 알기 시작했는데
그렇게 떠나버리면
남아있는 나는
어찌하면 되나요

당신 꿈

연꽃배 타고 나타난 당신
내 배는 배추 속 잎새 같기도 하고
잎새 가장자리에 숭덩숭덩 털같이
삿대같이 나있고
당신이 탄 배는 자꾸 멀리 달아나고
내 배는 아무리 쫓아가려 발버둥쳐도
멀어져가는 당신이 타고 가는 배
아무리 노를 저어도 자꾸만 멀어져 가는
당신이 타고 가는 연꽃배

왕대리 집

당신 입원하기 전 마지막 살던 집
당신 저녁밥 지어드리고
당신 침대에 누워 기도했지요
꿈속에서 당신을 꼭 만나게 해달라고
당신 생전에 입던 옷 한 움큼 끌어안고 잠들었지요
아직은 당신 체취가 남아있는 소중하고 귀한
당신이 생전에 입던 옷가지
한 움큼 끌어안고 당신과 같이 누웠던 침대
홀로 누워 잠들었지요

병원에서

앞 병상 남편

벌써 세 번째 재발

밤잠 한번 제대로 못 이루고

뜬 눈 밤샘 가쁜 숨 몰아쉬다 조용해지고

조용해지면 혼수상태

잠시 깨어나면 약물 주입

조금 괜찮아졌다고

대구 사무실로 일하러 간 지 일주일

급히 불려온 남편

내 아내 보내줬습니다

이제는 아프지 않고 편할 거라던

중환자실 옆 병상 남편

평생 같이 살아온 부부

1차 이식 끝나고
중심삽입관 빼던 날
기분 좋아 들떠 있던 당신
다시 중심삽입관 심던 날
너무도 측은한 당신
살아보겠다고 발버둥치고
그 많은 몸부림
이제는 그 고통에서
해방되세요
가엾은 당신
힘없는 당신 남편
원망스런 당신 남편

내 영혼속 당신

공장 기숙사에 있어서 맘 편치 않다고
베트남 집 새로 지은 것 있어 임대해 주네요
오늘 가구들이고 살림살이 들이고
이따가 당신 사진 들고 가서
당신 먼저 자리잡아 드리고
나하고 거기서도 같이 삽시다
미우면 미운 대로 그리우면 그리운 대로
죽이 되도 같이 먹고 밥이 되도 같이 먹고
그저 당신이 나를 잊지만 않는다면
고만이지요

운명

이젠 나도 길 떠날 채비를 해야지
천천히 길 떠날 채비를 해야지
그러다 어느 날 때가 되었다 싶으면
홀연히 떠나 버려야지
뒤돌아 보지 말고
소나기가 몰아쳐도 눈보라가 몰아쳐도
길 떠날 채비를 해야지
산도 넘고 다리도 건너
당신 있는 곳 그곳으로
길 떠날 채비를 해야지

언제 한번은

나에게 눈물 보이기 싫어 혼자 울며 하는 말
세상에서 내가 무슨 큰 죄를 졌기에
남들은 아프지 않고도 100살을 사는데
나는 가슴에 구멍을 두 번씩이나 뚫는단 말이요
울며 독백하며 큰소리로 울지도 못하고
흐느끼며 소리죽여 울던 당신
지금 와서 생각해 보면
가슴에 큰 구멍 두 번씩이나
뚫어서 약물주입 하고도 살아날 수 있을까
팔다리 어디에 주사 맞아도 좋으니
가슴 구멍 안 뚫으면 안 되겠느냐고
나를 쳐다보고 애원의 눈길을 보내던 당신
지금은 없는 당신
다시 돌아올 수 없는 여행길 떠난 당신
그곳에서는 가슴에 구멍 뚫지 말고
아프지 말고 남들처럼 사세요
암도 걸리지 말고

그렇게 살아가렵니다

눈물도 옛 생각도
마를 때까지 다 말라서 남은 게 없을 때까지
나는 혼자서 살렵니다
텅 빈 방 혼자 천정 보고 누워서
당신과 즐거웠던 옛 생각 하면서
그렇게 살아가렵니다
벽에 걸어놓은 사진 한 장
당신 얼굴 당신 생각 실컷 하면서
그렇게 살아가렵니다
잊으려 노력할 것도 없고
잊으려 생각할 것도 없고
잊혀지는 대로 당신 생각나는 대로
그렇게 살아가렵니다
그렇게 살다 보면 그렇게 살아가다 보면
머잖아 머잖아
맘 편해지는 날이 오겠지
나도 당신 곁으로 갈 수 있겠지

봄꽃

날씨 풀리고 경첩도 지나고
봄비에 새싹 올라옵니다
어느새 버들강아지 움 다 텃네요
당신 산소에 할미꽃 절대 안 돼
당신은
할미가 아니고 내 아내잖아
접시꽃 한 포기 사서
당신 산소 앞에 밑거름 많이 주고
심어줄게요

모기 한 마리

모기 한 마리
잡을 때도 당신은 손이 빠르고
나는 힘껏 손바닥 마주 때리고
마주 때릴 때 너무 세게 때려
손바람에 모기가 날아가
한 마리도 안 잡힌다는 것을
당신이 가고 9개월
우연히 터득했다오
모기 한 마리 잡는데도 당신이 필요해
지혜로웠던 당신

당신 모습

병원에서 당신 먹으라고 사다준
전복죽 호박죽 야채죽
하나 꺼내서 먹었습니다
두고두고 볼 것을 괜히 먹었습니다
당신 투병하며 입었던 것 먹던 것
보기만 해도 당신 생각이 나서 좋습니다
당신이 잊혀질까 봐
옷에 남아있을 당신 체취를 찾아서
당신 옷장 열어서 냄새 맡아봅니다
점점 희미해져가는
당신의 생전 모습

꽃상여

스물넷 꽃다운 아가씨가
꽃가마 타고 시집와서
모진 고생 만고풍상 겪을 대로 겪고
쉰여덟 꽃다운 나이에 병이 나서
예순둘 피어보지도 못하고
꽃상여 타고 떠나갔네요
당신 떠날 때 타고 갔던 꽃상여
아홉 달 지난날 당신 무덤 집에 나무 심으려다
조그만 궤짝 당신이 타고왔던 궤짝
아직 썩지도 않고 당신 꽃상여에 붙였던 꽃그림
얼마나 한이 맺혀 지난 여름 장마도 견디고
겨울 매서운 찬바람도 견디고
작년 여름 그대로 당신이 타고 오던 때
그대로 그대로 남아있네
당신이 타고 온 꽃상여 꽃그림

사랑하는 아내

병든 아내야
얼굴은 백지장 가슴엔 중심삽입관
주렁주렁 주사액 네다섯 개
수시로 진통제 진통제
떨어지면 오늘도 못 버틸 것 같고
진통제 맞으면 살아나고
사랑하는 아내야
그날 내가 외출만 나오지 않았어도
이렇게 허무한 이별은 없었을 텐데
아내야 사랑하는 아내야
내가 힘들다고 바깥바람 쐬고 오라고
이식하면 못 나오니 다녀오라고
그때 내가 나오지 않고 당신 옆에 있으면서
음식도 챙겨주고
간호만 했더라도 그날은 당신 컨디션 너무 좋아
안심하고 외출했더니
그것이 통한의 외출이 되었습니다

이 몹쓸 놈의 남편아
그것도 못 참아서 이식수술 하루 앞두고
제 아내 곁도 못 지켰느냐
못난 남편아

운동화

한국에서 가져온 당신이 신던 운동화
한 켤레 가져와서
잘 보이는 내 방 TV 아래 넣어뒀습니다
당신 생각 울컥해서
둘이서 쓰던 식탁
1차 이식 성공해서 내려와 있던 적금리
당신과 같이 가서 사 가져온
식탁 하나 의자 두 개
그 위에 당신 신발 올려놓고 보니
너무 멋지고 당신이 와 있는 것 같아
너무 좋아

준비

키 작고 뼈가 큰 내 몸에 맞게
기장은 줄이고 다리지 않아도
주름이 안 펴지는 바지 열 개
빨아서 훌훌 털어서 입어도 남사스럽지 않은
티셔츠 열 개
곱게 다려서 옷장에 걸어 놓은 줄
그때까지도 몰랐습니다
당신이 떠날 준비를 하고 있다는 것을
믿기만 할 남편 원망스럽기만 할 남편
당신 병들게 한 남편 병도 고쳐주지 못한 남편
뭐가 이쁘다고
남편 생전 입을 옷까지 준비해 놓고
먼 여행길 떠난 당신

고향

열네 살배기 꼬마가 고향을 떠난다
엄마 손 잡고 동구 밖 정류소에서 버스 타고
읍내 나와 기차타고
엄마가 참 못 보고 돌아서 버린다
차창 밖 엄마 모습 안 보일 때까지 길게 목 빼고
열다섯 살배기 꼬마가 고향 떠난다
병든 엄마 뒤에 두고 길을 떠난다
병든 엄마 고향에 두고 길을 떠난다
낯선 타향살이 어찌 견딜까
큰형은 작년에 죽고
누나는 올해 죽고
병든 엄마 뒤에 두고 고향 떠난다

산속 집

망초 꽃 흐드러지고
금국화도 곱게 피고
아내집 찾아가는 오솔길
이름 모를 산새도 다람쥐도 가끔보고
산등성이 넘어 넘어 깊은 산속
아내가 살고 있는
항상 나를 기다리는
아내가 잠든 깊은 산속 집

구름 저편

구름 저편 저 넘어
아내가 간 곳
행여 만날 수 있을까
비행기 타고 구름 바다 위 날아간다
새털 뭉게구름 먹구름
그 위로 날아간다
만날 수 없는 줄 알면서
이래서는 안 되는 줄
뻔히 알면서

아내 정원

나는 나는 가고싶다
북두칠성 빛나는 밤하늘에
나는 나는 가고싶다
빛나는 은하수 왕대리 하늘저편
은하수 넘어 넘어
아내가 사는 집
아내가 가꾸는 꽃밭 정원
봉숭아 나팔꽃 피는 곳
아내 정원

인사하러 가자

잔디 끝 이슬 하얗게 내리고
첫 서리 오기 전 우리 그때 인사하러 가자
그때 못 가면
고추잠자리 붉은 꼬리 자랑할 때
하늘 끝 짙푸르고 단풍 붉게 물들 때
그때 인사 가자
먹성 잘 챙겨서 배고프지 않게
입성 잘 챙겨서 춥지 않게
마음 잘 챙겨서 상처받지 않게
하겠노라고 그런 맹세하러
그런 친구 되겠노라고
인사하러 가자